E.T.

L'EXTRA-TERRESTRE

E.T. RENTRE CHEZ LUI

Texte de William Kotzwinkle
d'après une histoire de Steven Spielberg
Traduit de l'américain par Luc Rigoureau
Adapté par Marie-Hélène Delval

BAYARD JEUNESSE

1

Le vaisseau spatial montait, montait... Bientôt, il ne fut plus qu'un point brillant, une minuscule étoile clignotant parmi des milliers d'autres étoiles. Le front appuyé au hublot, le cœur lourd, E.T. regardait la Terre s'éloigner. Il y laissait ses amis, Elliott et Michael, Mary et Gertie, Harvey le chien. Jamais il ne les reverrait. La Terre disparaissait, petite larme bleutée perdue dans l'immensité du ciel.

– Au revoir, murmura E.T. d'une voix enrouée. Au revoir…

La larme bleue s'évapora, avalée par l'espace. E.T. ne bougeait pas. Les yeux fixés sur le vide, il se souvenait de ce qu'il avait appris sur la Terre. Grâce à Elliott, il parlait la langue de là-bas presque parfaitement. C'était tout ce qui lui restait. Des mots, les paroles de quelques chansons. Et un chrysanthème.

Il se tourna vers la fleur, une petite plante de rien du tout, comparée à l'extraordinaire collection de végétaux que le vaisseau rapportait de ses explorations. E.T. arrosa le chrysanthème, puis il trouva une place pour le pot parmi les autres plantes récoltées sur Terre. Il l'inscrivit au catalogue. Mais au lieu d'écrire « chrysanthème » sur l'étiquette, il marqua « Gertie ».

– Sois bien sage, murmura-t-il en caressant les feuilles.

Un petit être semblable à E.T. s'approcha, se dandinant sur ses pieds palmés. C'était un spécialiste des végétaux, lui aussi. Il posa la main sur l'épaule de son compagnon :

– La Terre n'est pas le seul jardin de l'univers, dit-il pour le consoler.

E.T. poussa un gros soupir :

– Elliott !

Le vieux botaniste le regarda, étonné. Il ne connaissait pas de plante de ce nom. Mais E.T. semblait tellement mélancolique que son collègue lui demanda :

– Qu'as-tu donc fait de si extraordinaire sur Terre ?

– J'ai mangé des bonbons, répondit E.T. Et j'ai trouvé un ami.

Puis il ajouta en langue terrienne :

– Tous les deux, on a vécu des tas de… de devantures !

Il devait s'entraîner à parler la langue des Terriens s'il ne voulait pas l'oublier !

Un MicroTech surgit alors dans l'Aile Botanique du vaisseau. Les MicroTechs étaient de minuscules créatures munies de nombreux doigts aussi fins que des cheveux. On les employait aux travaux les plus minutieux.

– Il paraît que tu as des ennuis ? lança-t-il à E.T. À cause de toi, on a failli rester coincés sur Terre !

E.T. hocha la tête. Se rappelant une des expressions, de Mary quand les choses allaient mal, il soupira de nouveau :

– Ouais. Je suis dans le pétrin.

– On approche du Tourbillon du Temps, déclara le MicroTech.

E.T. soupira encore. Dans quelques instants, leur vaisseau entrerait dans une autre dimension, et E.T. perdrait Elliott à jamais, ce qui était bien pire que d'être dans le pétrin ! Du plus profond de son âme, il lança une onde télépathique. L'onde traversa la constellation d'Andromède, passa entre le Bélier et Pégase, puis elle plongea dans le système solaire et vola droit vers Elliott.

Elliott se trouvait dans une salle de jeux. Il introduisait sa dernière pièce dans une machine qui refusait de le laisser gagner. L'onde envoyée par E.T. rata Elliott, tomba sur la machine et atteignit les circuits électroniques. Elliott se mit soudain à gagner, dans un festival de lumières et d'explosions.

– Meilleur score ! hurla-t-il après avoir dégommé le dernier vaisseau virtuel. En se désintégrant, celui-ci forma deux lettres sur l'écran : E.T.

À cet instant, Elliott sursauta : une fille entrait dans la salle de jeux. Il sentit ses genoux se ramollir, et son cœur bondit comme un oiseau prenant son vol. Sur l'écran de la machine, les deux lettres lumineuses clignotaient encore faiblement. Mais Elliott regardait Julie, avec sa queue de cheval retenue par une barrette en strass. Il aurait voulu lui lancer quelques mots brillants et décontractés. Mais il en fut incapable, car il venait d'avaler son chewing-gum.

– Salut, Julie ! parvint-il à croasser.

La salle était si bruyante que Julie n'entendit rien. À moins qu'elle n'ait fait semblant de ne pas entendre, les filles se comportant parfois de façon bizarre. À croire qu'elles viennent d'une autre planète.

Elliott retourna à son jeu. Mais le message envoyé par son ami avait déjà disparu de l'écran.

E.T. était assis, pensif, devant le chrysanthème de Gertie. Il dit au vieux botaniste :

– Cette fleur me rappelle la Terre, et tant de bons souvenirs !

– Tu ferais mieux de te préparer. Nous approchons de la planète Nébula ! lança joyeusement son collègue. Nous allons y faire étape.

– Tu as raison ! s'écria E.T., retrouvant sa bonne humeur.

Sur Nébula, les fleurs avaient la taille d'un vaisseau, et les cimes des arbres s'épanouissaient au-dessus des nuages. Nébula était le paradis des botanistes !

Le vaisseau à peine posé, les deux compagnons se précipitèrent vers le sas de sortie. Le premier passa sans encombre. Mais comme E.T. s'avançait à son tour, un MicroTech s'interposa :

– Pas toi ! brailla-t-il d'un air narquois. Tu es consigné !

E.T. rejoignit sa couchette d'un pas lent. Il y grimpa, tira la couverture sur sa tête, et rêva aux jours merveilleux qu'il avait passés sur Terre, quand il vivait dans un placard et se nourrissait de bonbons. Il rêva d'Elliott et de Michael, de Gertie et de Mary, et d'Harvey le chien. Il dormit longtemps, tandis que le vaisseau traversait de nouveau les espaces infinis pour le ramener chez lui, sur la Planète Verte.

2

La Planète Verte ! Si l'on surnommait la Terre la Planète Bleue à cause de ses océans, la patrie d'E.T. s'appelait la Planète Verte, car la vie végétale s'y épanouissait comme nulle part ailleurs dans l'univers.

– Maison ! Maison ! Maison !

E.T. faisait les cent pas en chantonnant son mot terrien préféré. Peut-être serait-il accueilli chez lui par une fanfare ? Certes, le capitaine l'avait consigné. E.T. comprenait ça. Le vaisseau avait été obligé de revenir le chercher, et il avait mis tout l'équipage dans le pétrin ! Mais les autorités de la planète seraient sûrement très intéressées par son expérience de la vie sur Terre. Il était le seul a avoir passé plusieurs semaines dans un placard d'humains !

E.T. ferait une conférence sur la langue, les structures sociales et les sciences terriennes. Il montrerait à ses congénères comment fabriquer des sifflets et des chapeaux en papier pour faire la fête...

– Maison ! Maison ! Maison !

Par le hublot, E.T. aperçut les lumières de la capitale, Crystalina.

Mais le vaisseau survola la ville sans s'arrêter. Sans doute allait-il se poser près de la grande cité d'Adamantina. Mais celle-ci disparut aussi, de même que Lazulina.

– On te ramène à la Ferme, lui expliqua son collègue.

– À la Ferme ?

Le vaisseau survolait de vastes champs cultivés qui fournissaient sa nourriture à toute la planète. E.T. avait travaillé sur ces terres pendant plusieurs centaines d'années. Il reconnut le champ où il avait reçu son diplôme de fermier. Après cela, il avait réussi les examens les plus difficiles, il était devenu docteur ès botanique. Et maintenant...

– Ouais, fit le vieux botaniste. Tu es

rétrogradé.
Le signal annonçant qu'on allait se poser retentit dans tout le vaisseau. Enfin, la trappe s'ouvrit, et E.T. descendit la passerelle, son chrysanthème dans les bras. Il foula le sol de la Planète Verte. Le vaisseau redécolla aussitôt. Derrière le hublot, E.T. aperçut son collègue qui agitait tristement la main. Il lui rendit son salut, l'index brillant d'une faible rougeur.
E.T. n'eut pas le temps de se demander quelle direction il devait prendre. Un croiseur descendit du ciel, plana au-dessus de sa tête. Les pétales métalliques d'une trappe s'ouvrirent.
– Entre ! ordonna une voix.

E.T. obéit, et les pétales se refermèrent.

Un petit cube monté sur roulettes, muni de deux antennes et orné d'une rangée de lampes clignotantes roula vers lui et lança d'une voix sèche :

– Explications !

– J'ai fait de mon mieux.

– Ce n'est pas une réussite !

La machine à poser des questions roulait furieusement en remuant ses antennes.

– J'ai rencontré des Terriens, précisa E.T.

– Nous sommes au courant. Nous attendons ton rapport.

La voix avait des accents autoritaires, et E.T. comprit qu'elle avait été programmée par quelqu'un d'important. Il regarda son chrysanthème pour se donner du courage.

– Nous t'écoutons, reprit la voix. Qu'as-tu découvert à propos des Terriens ?

– Ils ont une fête spéciale, « Allô Vine ». Ce jour-là, beaucoup de Terriens s'habillent avec des draps. J'ai fait comme eux.

– Qui organise cette fête ?

– Les enfants. Ce sont eux qui dirigent la Planète Bleue. Ils sont beaucoup plus intelligents que les adultes. Ils sont également plus rapides, parce qu'ils ont des engins qui roulent, appelés vélos.

E.T. sourit à son chrysanthème. Son rapport allait beaucoup enrichir l'Encyclopédie du Savoir Galactique !

Le haut commandement apprécierait !

La machine continuait de tourner autour de lui :

– Quel est le but de cette fête ?

– Collecter la plus importante des nourritures : les bonbons.

– Bonbons ?

– Oui. C'est bon. Deux fois bon, comme le nom l'indique.

La machine bourdonna. Elle assimilait les informations. Puis elle poursuivit l'interrogatoire :

– Qui dirige la Terre ?

– Il s'appelle Elliott. Je l'ai rencontré. On est amis.

– Quel âge a-t-il ?

– Dix.

– Dix mille ans ?

– Non, dix ans.

– Dix ans ? Et il est le maître de la Terre ?
La machine clignota d'un air effaré et bourdonna encore plus fort.
– Comment les Terriens se sont-ils comportés avec toi ?
– Ils m'ont mis dans un placard. C'est là qu'ils conservent leurs possessions les plus précieuses.
E.T. commençait à se détendre. L'entretien se passait bien, finalement.
– Qu'as-tu fait avec ces Terriens ?
– On a bu de la bière. Les flics nous ont poursuivis, et on leur a mis la pâtée.
– Mis la pâtée ?
– Une expression terrienne. J'en ai appris des tas.

La machine avança, recula, se cogna contre un mur. Puis elle se tourna vers E.T. :

– Tu peux disposer !

La trappe s'ouvrit, et E.T. sortit fièrement. Il avait le sentiment d'avoir fait bonne impression. En voyant l'importance et l'intérêt des informations qu'il avait rapportées, on allait sûrement lui rendre son poste de botaniste. Il ne resterait pas longtemps fermier.

Le croiseur décolla, laissant E.T. tout seul au beau milieu des champs. Il se dirigea donc vers la vieille Ferme en chantonnant :

– Mis la pâtée, mis la pâtée… !

E.T. grimpa au sommet d'une colline. Un vaste patchwork de champs s'étendait sous ses yeux, dans la lumière du soir. Il aperçut également un village. C'était un village hybride : toutes ses maisonnettes n'étaient pas construites, mais cultivées. Un peu de biochimie et beaucoup d'engrais avaient produit une espèce de coloquinte, la Cucurbitacée

Exubéranta, plus communément appelée l'Assez-Grosse-Pour-Vivre-Dedans.

E.T. descendit la côte vers le village, le cœur clignotant de joie. À la fenêtre d'une des maisonnettes, un autre cœur lui renvoya son signal. E.T. courut vers cette calebasse. La porte s'ouvrit, et il entra.

Devant lui se tenait l'un des siens, très grand, imposant, le cœur étincelant de sagesse.

– Parent, dit doucement E.T. en faisant un pas hésitant.

– Eh bien, Enfant, il semble que tu aies provoqué une belle pagaille !

Le Parent poussa un soupir et secoua lentement sa noble tête. Puis il tendit son long bras, et serra E.T.

contre lui. Leurs cœurs fusionnèrent, exprimant les choses pour lesquelles il n'y a pas de mots.

La calebasse était éclairée par des lumens, une variété de larves phosphorescentes. Cinq ou six lumens suffisaient à donner une lumière agréable.

– Alors, dit le Parent quand lui et E.T. se furent assis l'un en face de l'autre. Qu'as-tu fait exactement, sur Terre ?

– J'ai regardé par la fenêtre.

– Comment ? Toi ? Un botaniste, un savant ? Tu as parcouru des milliers de mondes, des mondes que peu de créatures ont la chance de voir, et, une fois sur Terre, tu t'es contenté de regarder par la fenêtre ?

– Il est revenu ! Il est revenu !

Cette pensée joyeuse galopait dans la tête d'un *Tournicotus Ahuribus,* plus communément appelé Flopglop. Les Flopglops étaient de longues bestioles dotées de six cents vertèbres, très agiles, très rapides, très affectueuses et très bêtes. Celui-ci avait une tendresse toute particulière pour E.T.

Le Flopglop traversa le village en faisant voler le gravier sous ses pattes. Il effectua un dérapage acrobatique devant la maison, et, comme la porte était fermée, il se glissa à l'intérieur par une fenêtre ouverte. Il s'enroula autour des épaules d'E.T. et l'étreignit passionnément.

– Laisse-nous dîner, veux-tu ! lui ordonna le Parent en versant dans

les coupes-corolles une ambroisie particulièrement nourrissante.
E.T. ne put s'empêcher de penser que ça ne valait pas une canette de bière. Il trinqua cependant avec le Parent et regarda par la fenêtre le village illuminé. Il était plus agréable de vivre ici qu'à l'intérieur d'un placard, E.T. devait le reconnaître. Il ressentit malgré tout un petit pincement au cœur.
– Elliott, murmura-t-il pour lui-même.
Une onde télépathique transperça le toit de la calebasse et fila à travers l'espace. Elle tomba sur Terre au beau milieu d'un centre commercial, sur le comptoir d'un fast-food. Elle rebondit contre un pot de moutarde et fut

projetée dans un verre de lait-fraise.
Le verre était posé devant Mary, la mère d'Elliott, qui profitait de sa pause déjeuner. Il lui sembla distinguer son nom écrit dans la mousse de lait. Elle plissa les yeux.
À cet instant, Elliott entra dans la salle :
– Salut, maman ! Tu n'aurais pas aperçu un de mes copains, dans le coin ?
– Désolée, Elliott, je n'ai vu personne.
– Bizarre. J'avais l'impression que quelqu'un m'attendait ici !
Il but une gorgée du lait-fraise de sa mère et repartit aussitôt, car une fille à queue de cheval venait de passer dans le hall.

– Tu devrais aller aux champs, maintenant, dit le Parent, le lendemain matin.

E.T. hocha la tête. Il sortit, accompagné par le fidèle Flopglop.

La drôle de bestiole filait devant à toute allure, puis revenait vers E.T. à la même vitesse en racontant des tas de bêtises. Elle s'arrêta pour embêter les vieux lézards qui pre-

naient le soleil au bord du chemin.
– Emmène ce *Tournicotus Aburibus* loin d'ici, s'il te plaît, grommelèrent les lézards en fixant E.T. de leurs petits yeux fâchés.
– N'embête pas les lézards ! soupira E.T.
– Hi, hi ! Je ne peux pas m'en empêcher ! rigola le Flopglop. Ils sont si… si écailleux !
Et il disparut dans un tourbillon de poussière.
La brume matinale montait sur les champs. Partout, E.T. distinguait des agriculteurs au travail, des créatures semblables à lui, mais si jeunes ! E.T. se souvint de ce temps lointain où lui aussi commençait à apprendre son métier de fermier.

« Et maintenant, se dit-il, je sais tant de choses nouvelles ! »
Le souvenir de tout ce qu'il avait découvert sur Terre lui rappela douloureusement son ami. Une onde télépathique qui lui échappa de nouveau atterrit dans la classe d'Elliott, en plein cours d'informatique. L'onde se faufila dans l'ordinateur d'Elliott et fit apparaître deux lettres sur l'écran : E.T.
Malheureusement, Elliott était encore en train de regarder ailleurs. Il fixait une demoiselle, dont la queue de cheval le fascinait de manière inexplicable : Elliott avait beaucoup grandi depuis le départ d'E.T., tandis qu'E.T., lui, avait à peine vieilli. Le cours du temps

n'était pas le même dans son univers.
« E.T. » Les deux lettres clignotaient sur l'écran. Mais Elliott ne lâchait pas des yeux Julie.
– Bon, dit le professeur, éteignez vos ordinateurs.
Sans détourner son regard de la jeune fille, Elliott appuya sur une touche, effaçant le message de la mémoire.

Dans le champ, les étudiants s'inclinaient avec respect devant E.T. À la façon dont les plantes s'agitaient sur son passage, comme pour le saluer, on devinait qu'il était un Botaniste.
E.T. vit s'avancer vers lui son ancien professeur, le grand Botanicus. Sa sagesse était telle qu'elle faisait

briller tous ses doigts. Chaque fois que l'un d'eux effleurait une plante, les bourgeons se multipliaient et les feuilles desséchées reprenaient vie. Botanicus était le Savant Suprême, le Maître des Champs.

– Cher élève ! s'écria-t-il en tendant les bras vers E.T. Viens ici, ô ma joie et ma fierté !

E.T. s'approcha, et Botanicus posa la main sur sa tête :

– Tu me sembles avoir la sève à zéro ! Que se passe-t-il ?

– On m'a jeté comme une mauvaise herbe, soupira E.T.

Botanicus entraîna son ancien élève vers un bosquet de pipoflutacées, dont le vent tirait un petit air joyeux. Comme c'était l'heure de la pause,

les étudiants se joignirent à eux.
– Parle-nous de tes aventures sur Terre, demanda le savant à E.T.
Celui-ci raconta en détail sa vie à l'intérieur du placard. Les jeunes l'écoutaient, fascinés.
– J'avais d'étranges compagnons, continua E.T., des êtres qui ne bougeaient jamais, bien que munis de bras et de jambes. On les appelle des jouets. J'ai beaucoup communiqué avec eux dans le silence du placard.
Il se tut un instant, plongé dans ses souvenirs.
– J'ai rencontré aussi une créature tout à fait remarquable, appelée Bal Ondeba Sket, une sorte de sphère remplie d'air. Elle était capable d'exécuter des bonds extraordinaires !

E.T. hocha la tête, savourant l'étonnement des apprentis botanistes, heureux de partager avec eux son savoir.

Après quoi, E.T. travailla dans les champs avec les autres. Le Flopglop n'arrêtait pas de tourbillonner autour de lui en chantonnant :

– De retour au boulot, il n'y a rien de plus beau !

À la fin de la journée, E.T. leva la tête vers le ciel, vers le soleil, vers les mondes lointains. Il laissa échapper une onde mentale, qui fila à travers l'espace jusqu'à la Terre. Elle atterrit sur une rangée de cabines téléphoniques, à côté de l'arrêt de bus où Elliott bavardait avec ses amis. Un représentant de commerce, qui attendait l'autobus, entra dans la cabine et fit un numéro.

– Allô ! Allô, maman ? C'est moi, Sheldon… Non, non, je vais bien. Je ne sais pas pourquoi je t'appelle. J'ai ressenti soudain un besoin irrépressible de téléphoner à la maison…

Elliott grimpa dans l'autobus en faisant semblant de ne pas avoir remarqué Julie.

Aussi bizarre que ça paraisse, c'est comme ça qu'il faut se comporter avec les filles. Si vous voulez qu'elles s'intéressent à vous, vous devez les ignorer.

Le lendemain, tandis qu'E.T. travaillait dans les champs, il vit soudain s'approcher une espèce de boule lumineuse dont le centre ressemblait à un œil : un Moniteur de satisfaction. Le rôle du Moniteur était de veiller à ce que chacun fût heureux. La boule vola jusqu'à E.T., l'enveloppa d'un réseau coloré et demanda :

– Quelque chose ne va pas ?
– Mon ami me manque, soupira E.T.
– Fort bien. Je vais te le trouver. Où est-il ?
– Au-delà de l'au-delà, répondit E.T. en montrant le ciel.
– Drôle d'endroit pour un ami !
E.T. regarda tristement le Moniteur de satisfaction. Comment lui expliquer que l'amitié se moque de la distance ?
– Voyons, voyons, dit pensivement le Moniteur de satisfaction. Dis-moi quelque chose que ton ami a fait pour toi !
– Il m'a fait découvrir le chewing-gum.
– Qu'est-ce que c'est que ça ?
– Quelque chose qu'on mâche. Puis

on souffle une bulle, dans laquelle on découvre des mondes merveilleux !

Une bulle ? Si ça suffisait à rendre le sourire à ce petit gars déprimé ! Le Moniteur de satisfaction fabriqua aussitôt une grosse bulle multicolore.

– Elle te plaît ? demanda-t-il.

– Fantastique, répondit E.T. pour ne pas le vexer.

– Tu te sens mieux ?

– Beaucoup mieux.

Le Moniteur de satisfaction s'éloigna, très content de lui.

– Pourquoi est-ce que je ne suis pas comme les autres ? gémit E.T.

– Tu es comme moi ! s'exclama le Flopglop en tourbillonnant autour de lui avec enthousiasme. Tu aimes voir les choses bouger !

– Pas du tout, répliqua E.T. Ce que je voudrais, c'est manger des cacahuètes, assis sur un canapé !

Ce souvenir déclencha aussitôt en lui une onde mentale qui fila vers la Terre. Cette fois, elle atteignit Elliott en plein front. Seulement, Elliott était fort occupé à échanger des coups de poing avec un garçon de son âge, au milieu de la cour de récréation. Il sentit le poing de son adversaire, mais pas l'onde qui l'avait frappé au même moment.

E.T. ferma les yeux, découragé.

– Que veux-tu, déclara le Flopglop, ton ami grandit !

– Quoi ? demanda E.T., surpris.

– Eh oui. Il vieillit !

Bouleversé par cette révélation, E.T.

se mit à arpenter le champ. Ici, sur la Planète Verte, plus on vieillissait, plus on gagnait en sagesse. Mais, sur la Terre, il semblait que ce fût tout le contraire : les jeunes, en vieillissant, devenaient de vrais idiots. Du coup, ils passaient leur temps à se mettre en pièces les uns les autres. E.T. en avait eu mille fois la preuve en regardant le journal télévisé.

– Que faire, que faire ? répétait-il. Mon ami Elliott est en danger ! Il est en train de lui arriver la pire chose qui soit : il devient adulte !

Après avoir mûrement réfléchi, E.T. alla trouver Micron. C'était le seul MicroTech avec qui il s'entendait, depuis un voyage qu'ils avaient fait ensemble dans les Planètes Musicales. La découverte de la musique avait bouleversé le petit être. Il avait rapporté de là-bas une harpe à cinquante cordes, dont il jouait admirablement. Il était devenu un marginal, et on l'avait mis au rebut.

– Il paraît que tu as des ennuis ? dit Micron.

– Et ça ne va pas s'arranger ! soupira E.T.

– Ah bon ?

E.T. étira son long cou comme un périscope, s'assurant que personne ne pouvait les entendre. Puis il rentra son cou, se pencha vers Micron et lui confia à voix basse :

– Il faut que je me procure un vaisseau spatial !

Comme le soir tombait, Micron entraîna E.T. dans un champ de météorites :

– Je connais quelqu'un qui vit là, et qui pourrait nous être utile.

Ils s'assirent sur l'un des météorites, à demi enfoui dans le sol depuis des milliers d'années, et regardèrent le soleil lancer ses derniers rayons. Le cœur d'E.T. lui répondait en renvoyant des lueurs couleur rubis. Sur les collines environnantes, d'autres lueurs rouges palpitaient.

– J'aime cette heure, murmura Micron, quand, toi et tes semblables, vous saluez le soleil mourant !

À cet instant, un grincement se fit entendre. Un robot ancien modèle avançait vers eux, déployant l'une après l'autre ses quatre pattes mécaniques. Ses antennes étaient couvertes de rouille, et ses joints craquaient de toute part.

– Le voilà, dit Micron. Il a besoin d'être révisé, mais il est encore en état de marche. Il était autrefois assistant à la navigation.

– Exact, dit le robot. J'ai plusieurs

billions de milliards de kilomètres au compteur !

E.T. hocha la tête :

– Une bonne couche d'antirouille ne lui fera pas de mal. Et il faudra huiler ses joints.

– Très aimable ! approuva le robot. Ça fait des siècles que je n'ai pas été huilé !

E.T. se pencha et murmura :

– Tu saurais trouver ta route dans l'espace ?

Dans un bureau secret du gouvernement, le Moniteur de satisfaction faisait son rapport :

– Le docteur ès botanique rétrogradé a finalement accepté sa nouvelle affectation.

– Fort bien, dit le Supérieur. Et sur quoi travaille-t-il ?

– Des expériences portant sur les hybrides, sous la surveillance de Botanicus. Il a l'air heureux. Il s'est lié d'amitié avec un robot, un modèle fort ancien que nous n'utilisons plus. Normalement, il devrait être envoyé à la casse. Mais le docteur a beaucoup souffert de solitude, ces derniers temps. Lui accorderiez-vous la permission de garder ce robot ?

– Permission accordée.

Dans la serre où E.T. menait ses nouveaux travaux, le Flopglop et le robot s'activaient. L'un nettoyait les carreaux, tandis que l'autre grattait le sol autour d'une petite plante ronde.

E.T. arriva, en compagnie de Botanicus.

– Ainsi, tes recherches avancent, cher élève ? s'enquit le Maître des Champs.

– Oui, répondit E.T. Je fais une expérience sur le navet. J'espère obtenir une espèce beaucoup plus grosse.

Botanicus se pencha sur la jeune plante et la caressa gentiment. Puis il fixa E.T. et dit :

– Je te recommande d'ajouter à sa nourriture un peu d'engrais Lota 120. Cela donnera de l'élasticité aux parois.

– Attention ! Moniteur de satisfaction à l'approche ! annonça le robot quelques jours plus tard.

Dans un tourbillon de lumière, le Moniteur arrivait droit sur la serre :

– Ça va, Docteur ?

E.T. était penché sur son navet, qui avait triplé de volume.

– Tout se passe bien, déclara-t-il.

– Une nouvelle variété de légume ?

– En effet ! Conçue pour résister aux conditions atmosphériques les plus rudes.

– Parfait, parfait !

Le Moniteur se tourna vers le robot :

– Et toi, Objet Mécanique, es-tu content ?

– Content, content ! sifflota le robot. Je recherche… euh, la vérité !

– Je vois, lâcha le Moniteur.

« Quelques ratés sans importance dans les circuits, nota-t-il. Rien d'alarmant. » Et il fila.

E.T. soupira de soulagement. Une onde télépathique lui échappa. Le robot calcula instantanément ses coordonnées : direction la Terre !

L'onde tomba au beau milieu de la machine à laver, dans la cuisine de Mary. La machine passa à la position essorage, et l'onde fut aussitôt entraînée dans un tourbillon infernal. Gertie, assise dans le panier à linge, leva les yeux. Le cactus, qui végétait dans un pot trop petit sur le bord de la fenêtre, se redressa soudain et se mit à fleurir.

– E.T. ! cria la petite fille.

– Quelle plante magnifique ! s'exclama le robot en tournant autour du navet géant.

Celui-ci poussait maintenant en plein air, car il était devenu énorme, bien plus gros que la serre qui l'abritait à sa naissance.

– Injecte-lui sa dose de Lota 120, recommanda E.T.

Le navet but avidement son engrais.

Il avait conscience de ne pas être un navet ordinaire. Sa peau avait la solidité de l'acier, sa racine pompait sans relâche l'énergie du sol. Quant à ce qu'on attendait de lui, il n'en n'avait pas la moindre idée. Mais les navets ont rarement des idées.

– Comment va ton navet ? s'enquit Botanicus.

Le Savant Suprême passait chaque jour demander des nouvelles du monstre végétal. Il semblait très fier de son élève.

– Il grossit, répondit simplement E.T.

– Le Lota 120, c'est pas mal, fit Botanicus d'un air rêveur. Celà dit, il existe une plante dont la sève contient de l'énergie à l'état pur.

Il se tourna vers E.T., qui l'écoutait, étonné.
– Il s'agit du bingo, le roseau des montagnes. Évidemment, il faut le cueillir avec beaucoup de précautions.
Botanicus s'éloigna en disant, comme s'il se parlait à lui-même :
– Oui, le bingo ! Une énergie aussi puissante que la foudre ! Le mieux, bien sûr, est de le cueillir la nuit, afin que ses pouvoirs soient à leur maximum...
Perplexe, E.T. suivit son maître des yeux. Celui-ci aurait-il deviné son projet ?
Le sentier de la montagne était raide, et E.T. avait des jambes courtes. De plus, dans cette région sauvage, poussaient des plantes fort étranges.

Sur les pentes les plus basses s'épanouissaient les fleurs de nihépa. Lorsqu'elles sentirent E.T. approcher, leurs pétales émirent un nuage de vapeur qui forma une silhouette. E.T. crut voir Elliott, qui lui faisait signe :

– Elliott ! murmura-t-il.

– Ne t'arrête pas ! lui recommanda le Flopglop. Ces fleurs lisent tes rêves et les matérialisent. Elles font apparaître des choses qui n'existent pas !

Mais le Flopglop se figea à son tour. Devant lui oscillait gracieusement une superbe demoiselle de son espèce. Le Flopglop se mit à se tortiller, à s'enrouler, à se désenrouler…

– Avancez, tous les deux ! ordonna le robot en les poussant dans le dos.

Il réussit à les éloigner des fleurs de nihépa, et l'illusion se dissipa.
– Heureusement que les robots ne rêvent pas ! grommela-t-il.
Le sentier était de plus en plus étroit, coincé entre une falaise et un précipice, dont le fond se perdait dans l'obscurité.
Bong ! Bong ! Bong !
– Couchez-vous ! cria le Flopglop. C'est un sautacé des montagnes !
Un jeune sautacé surgit devant eux, bondissant joyeusement, racines et branches au vent.
Bong ! Bong ! Bong !
E.T., le Flopglop et le robot n'eurent que le temps de s'aplatir au sol. Le sautacé sauta carrément au-dessus d'eux et disparut dans la pente.

Les trois compagnons se relevèrent et continuèrent prudemment leur chemin.
E.T. sentit bientôt les ondes puissantes du bingo. Les bras tendus, le robot analysa le flux énergétique envoyé par la plante.
– Forte activité moléculaire… bip !
La foudre frappa, illuminant les sommets environnants. Les yeux du robot se mirent à clignoter furieusement.
– Bip…, bip…, le voltage augmente ! Une énergie incroyable ! Hum, ça recharge mes batteries, c'est délicieux !
Le Flopglop se tortillait de plaisir, comme un long spaghetti agité par une vibration électrique. E.T. avança

d'un pas et psalmodia :
– Ô grand bingo, toi le plus puissant des végétaux, me ferais-tu cadeau d'un peu de ta sève merveilleuse ?
E.T. fit un pas en avant... Soudain, il fut cloué sur place, prisonnier d'une incroyable force magnétique. Le robot s'immobilisa derrière lui en bégayant :
– Disfonctionnement des extrémités..., articulations bloquées. Huilage recommandé.
Le Flopglop se précipita vers ses amis. Mais il fut stoppé net. Son corps s'allongea démesurément, et il revint brusquement en arrière comme un élastique.
E.T. comprit qu'il fallait agir sans tarder.

– Je voudrais simplement cueillir une de tes pousses, dit-il.

– Certainement, certainement ! fit le bingo.

Mais E.T. devina que la partie n'était pas gagnée. Il allongea le bras, et, du bout de son index brillant, il anesthésia la plante.

Tous trois redescendirent le sentier aussi vite qu'ils le pouvaient. E.T. serrait dans sa main une longue pousse de bingo pleine de sève. Soudain, une colonne de feu jaillit comme un geyser, très haut au-dessus des pics montagneux. L'effet de l'anesthésie était passé !

– Merci quand même, bingo ! murmura E.T.

Cette nuit-là, Micron fut très occupé, lui aussi. Il avait rendez-vous avec un mystérieux individu, près d'une base de MicroTechs, où l'on amenait les vaisseaux qui avaient besoin d'une révision.

Dissimulé dans les ténèbres, à l'extérieur de la base, Micron pinça une des cordes de sa harpe. C'était le signal. Presque immédiatement, une ombre enveloppée d'un large manteau sortit de la base et rejoignit Micron.

– Tu en as trouvé un ? chuchota Micron.

L'individu, qui, vu sa taille, était certainement un MicroTech, répondit à voix basse :

– Oui. Un tableau de bord complet. Presque en état de marche. Tu n'auras qu'un ou deux trucs à bricoler. Tu le trouveras dans un vieux véhicule de service garé au pied de la colline. Sois discret !

– Compte sur moi ! Et merci !

– Pas de quoi ! dit l'inconnu. On m'a déclaré trop usé pour voler. Ça me fait plaisir d'aider un type comme ton copain.

Micron trouva le vaisseau à l'endroit convenu. Il y grimpa, mit le contact et s'envola sans allumer ses feux de position, pour ne pas se faire repérer.

Le lendemain matin, sous l'œil attentif d'E.T., le robot équipa le bout de ses doigts métalliques de petites excavatrices, et il s'approcha du navet.
– À la pluche, mon vieux ! déclara-t-il joyeusement.
Il découpa une porte dans la peau épaisse du légume. Puis il entreprit de l'évider.
Le Flopglop surgit à cet instant, plus agité que jamais.
– Alerte, alerte ! s'époumonait-t-il.

Des Moniteurs de satisfaction ! Tout un groupe !

– Ils doivent se douter de quelque chose, souffla E.T., inquiet.

Il entra précipitamment dans la serre et se mit à arroser le jardin expérimental qu'il y avait créé depuis que le navet était à l'extérieur. Sous un entrelacs de plantes à larges feuilles était dissimulé le tableau de bord rapporté par Micron.

Les boules lumineuses planèrent au-dessus du robot :

– Comment ça va, vieille machine ? demanda l'un d'eux.

– Ça va, ça va ! couina gaiement le robot.

– Et que fabriques-tu, ici ? voulut savoir un autre.

– Je m'adonne au jardinage ! Je taille, je coupe, suivant les instructions !

– Hum, hum, fit un autre Moniteur, sceptique.

E.T. sortit de la serre, son arrosoir à la main. Il affichait un large sourire :

– Belle réussite, ce navet, ne trouvez-vous pas ? La pulpe devrait être vingt fois plus nutritive que celle d'un navet ordinaire ! On en extrait un peu, pour la tester !

– Et, donc, tu es satisfait ? intervint un quatrième Moniteur.

– Tout ce qu'il y a de plus satisfait ! affirma E.T.

– Moi aussi ! lança le Flopglop, désireux d'ajouter son grain de sel. Content ! Content ! Content !

– Moui..., firent les Moniteurs, dont le centre en forme d'œil clignotait d'étrange façon.

Ils survolèrent un instant le navet, et E.T. se demanda s'ils n'allaient pas l'interroger lui aussi. Mais on n'interroge pas un navet, même géant ! alors, les Moniteurs de satisfaction finirent par s'en aller.

– Ouf ! soupira E.T.

Il se sentait très mal à l'aise : non seulement il était complice de vol de matériel dans une base, mais il avait menti aux Moniteurs !

– Elliott... ! murmura-t-il pour se réconforter.

L'onde télépathique fila vers la Terre et tomba dans un grand magasin, au rayon des jouets électroniques. Mary y avait emmené Gertie pour lui choisir un cadeau d'anniversaire. Gertie s'empara d'un Ordiécran et s'écria :

– Maman ! C'est ça que je veux ! Le mien est tout cassé !

L'onde envoyée par E.T. pénétra dans l'ordinateur et gambada sur les puces électroniques. Quand Gertie appuya sur une touche, l'engin déclara :

– Sois sage, Gertie !

Cette voix ! La petite fille la reconnut aussitôt !

– E.T. ! Maman, c'est E.T. !

Mary lui prit l'Ordiécran des mains et le reposa :

– Trop cher !

– Mais, maman, il y a un message dedans ! Un message d'E.T. !

– E.T. est parti loin d'ici, Gertie.

Au même instant, Elliott surgit dans le magasin, l'air complètement ahuri.

– Elliott ? s'étonna sa mère. Tu n'avais pas un cours de musique ?

– Si, mais..., c'était comme si j'avais un rendez-vous, quelqu'un qui...

– Il était ici, Elliott ! cria Gertie. E.T. était ici !

– Bon, décida E.T., maintenant que le navet est évidé, nous allons enduire sa racine et son pourtour de sève de bingo. Après quoi…

Après quoi, il n'y avait plus qu'à espérer que le gros légume se transformerait réellement en vaisseau spatial ! Micron s'activait déjà à l'intérieur, installant le tableau de bord remis en état, et le robot révisait ses connaissances en matière de navigation. Le Flopglop ne faisait rien, se contentant de tourner à toute vitesse autour des uns et des autres. Il avait obtenu d'être du voyage et ne se sentait plus de joie : bientôt, il filerait dans l'espace, et il deviendrait le *Tournicotus Ahuribus* le plus rapide de la Planète Verte !

Dans un bureau secret du gouvernement, un Moniteur de satisfaction procédait au rapport :

– Mon unité a rendu visite au Docteur rétrogradé.

– Et ?

– Il paraît satisfait. Néanmoins, j'ai préféré consulter son maître,

Botanicus, le directeur du Secteur Agricole.
– Qu'a dit Maître Botanicus ?
– Que le Docteur cultivait un nouvel hybride. Un projet très original.
– Il s'est donc décidé à entreprendre un travail utile. Eh bien, c'est parfait !

E.T. se dirigea vers la calebasse familiale. Il poussa la porte et entra :
– Bonjour, Parent.
– Bonjour, Enfant. Tu travailles toujours dans ta serre ?
– Oui, j'ai mis au point un navet hybride. Énorme !
– Et ton chrysanthème ? C'est bien comme ça qu'on l'appelle ?
– Oui. Mon chrysanthème Gertie.

Je le maintiens en fleur.
– C'est bien. Il faudrait toujours fleurir l'univers. Car notre âme est dans la fleur, comme disent les anciens textes.
– Tu m'as tout appris, Parent. J'essaie d'appliquer tes enseignements.
E.T. tendit à son parent un bouquet de petites fleurs émeraude, qu'il avait cultivées dans sa serre :
– Nous n'allons pas nous voir pendant un moment, reprit-il. Mes nouvelles recherches exigent toute mon attention. Jour et nuit.
Son parent hocha la tête, une étrange étincelle dans le regard.

Plus tard, dans la nuit, E.T. se leva et

se dirigea doucement vers la chambre de son parent, portant une Lumen, dont la lumière tremblotait, comme si la larve, endormie, était en train de rêver. E.T. s'approcha du lit où reposait son parent, si âgé. Il se pencha sur le visage qu'il aimait tant, posa doucement le doigt sur le front et murmura :
– Je serai toujours là.

Micron et le robot étaient assis devant le tableau de bord.
– Fermeture de la porte ! ordonna Micron. Décollage immédiat !
– Numéro un, feu ! cria le robot.
La sève de bingo imprégnant le navet s'enflamma soudain. Le gros légume s'éleva lentement.

– Anneau inférieur, feu ! lança le robot.

Le navet monta à la verticale.

– Anneau supérieur, feu !

Le navet fila droit vers la stratosphère.

Dans une station orbitale de la Planète Verte, un membre d'équipage s'écria :

– Capitaine ! Je viens de capter une onde de magnitude 125 !

– Bizarre, déclara le capitaine. Il ne devrait y avoir aucun réacteur d'une telle puissance dans les parages ! Transmettez l'information à la flotte de Lazulina !

– Orbite cinq à Lazulina. Attention ! Onde de magnitude 125 au

large de la station ! Je répète, onde de magnitude 125 ! Terminé !
– Ici le commandant de la flotte de Lazulina. Appel prioritaire aux patrouilles un et deux ! Onde puissante signalée dans la zone de la station orbitale numéro cinq !
Les équipages des deux patrouilles se précipitèrent vers leurs appareils.
Dans le vaisseau-navet, le robot se pencha vers un écran radar, sur lequel venaient d'apparaître deux objets brillants.
– Deux vaisseaux à l'approche ! annonça-t-il.
Micron fit un bond sur son siège :
– Des patrouilleurs de Lazulina ! Ils sont à nos trousses ! Filons !
E.T. enclencha le mode d'alimenta-

tion en sève de bingo. Un flot de puissance projeta le vaisseau-navet dans les profondeurs du ciel nocturne.

Le Parent d'E.T. était assis devant la table de la calebasse. En face de lui se tenait Botanicus. Tous deux levèrent leurs coupes-corolles et trinquèrent. Les doigts de Botanicus brillaient doucement, signe de son immense sagesse.

– Votre Enfant est unique, cher ami, dit-il. Il a toujours été mon meilleur étudiant. Je savais qu'il était destiné à de grandes choses.

Le Parent remua sa noble tête :

– Les Prédicateurs de destin avaient prévu cela, il y a fort longtemps.

Mais il avaient jugé préférable de ne rien lui dire.

– C'était la meilleure chose à faire, approuva Botanicus. Une grande destinée est suffisamment difficile à assumer, inutile de l'annoncer à l'avance !

– Naturellement, on souhaite toujours que son enfant soit épargné, qu'il reste ordinaire, et vive de ce fait plus tranquille, et peut-être plus heureux !

Sur la table était posée une boule transparente qui reflétait le ciel nocturne et ses étoiles étincelantes. On y voyait maintenant deux vaisseaux poursuivant un navet volant.

– Il a trouvé la puissance, murmura Botanicus, et il a su l'utiliser correctement. Espérons maintenant qu'il atteindra sans encombre la Porte de la Dimension !

10

– Vaisseaux poursuivants en approche ! annonça Micron.

– Bip, bip, fit le robot. Je nous oriente Six-Sept-Deux, direction Passe de la Lune.

Dans l'un des vaisseaux, le navigateur s'écria :

– Objet en vue à tribord, Capitaine !

– Description, je vous prie, demanda le capitaine.

– C'est…, euh, je suis désolé, Capitaine. On dirait un…

– Eh bien parlez ! Qu'est-ce que c'est ?

– Un navet, Capitaine ! Un navet volant !

Le capitaine appela immédiatement le commandant de la flotte.

– Comment ? rugit celui-ci. Vous êtes à la poursuite d'un navet ?

– Affirmatif, Commandant !

– Attrapez-le à tout prix ! Je ne tolèrerai pas qu'un légume tourne autour de notre planète !

– Le navet n'est pas en orbite, Commandant. Il est déjà à la limite de notre champ de gravitation, et il ne cesse d'accélérer !

– Je me fiche de savoir où il va et

comment il y va ! Attrapez-moi cet espèce de tubercule !

Les deux croiseurs de patrouille passèrent à la vitesse supérieure. Se positionnant l'un à côté de l'autre, ils lancèrent des rayons extensibles qui, tels une gigantesque toile d'araignée, formèrent entre les appareils un immense filet, assez résistant pour retenir une comète.

Dans le navet, les multiples doigts de Micron voltigeaient sur le tableau de bord. Les doigts métalliques du robot en faisaient autant. Il se sentait efficace et responsable, comme autrefois, quand il était un jeune robot tout neuf et qu'il volait vers l'inconnu, avant d'être mis au rebut.

– On approche de la Passe de la Lune, annonça-t-il.

Le front contre le hublot, E.T. regardait approcher leurs poursuivants. Ils allaient les attraper au filet comme un vulgaire insecte ! Il activa le système d'alimentation en sève de bingo. Au moment où le filet s'abattait sur eux, le navet bondit à la vitesse de la lumière.

– Bip ! annonça joyeusement le robot. On a échappé au filet ! Prochaine étape, Porte de la Dimension !

Le commandant de la flotte n'en revenait pas. Ses patrouilleurs venaient de se faire distancer par un navet !

Mais, brusquement, le navet se mit à vibrer. Il partit en vrille, incapable de supporter une accélération d'une telle amplitude !

– Je perds le contrôle ! s'écria Micron.

Il bascula et resta suspendu à son siège par sa ceinture de sécurité.

Le robot fut projeté au sol, ses yeux clignotant comme un signal d'alarme. E.T. tomba à la renverse. Le Flopglop, sens dessus dessous, riait, ravi. Jamais il n'avait été aussi agréablement secoué !

– On va mourir ! s'écria E.T. C'est ma faute ! Pardon, mes amis ! Jamais je n'aurais dû vous entraîner dans cette aventure !

Une onde télépathique chargée de tendresse fonça vers la Terre, dernier message à Elliott.

Debout dans le noir, Elliott regardait la piste de danse sur laquelle Julie évoluait dans les bras du beau Johnson. L'onde envoyée par E.T. atterrit doucement sur la tête d'Elliott, qui sentit un frémissement le parcourir. Il battit des paupières et, mû par une soudaine impulsion, s'élança sur la piste. Il attrapa le bras de Julie en disant à son cavalier :

– Tu permets ?

Le beau Johnson s'apprêtait à balancer une remarque pleine de sarcasme. Mais ses yeux rencontrèrent ceux d'Elliott, et ce qu'il y vit lui coupa la parole. Car le regard d'Elliott reflétait une présence mystérieuse, quelque chose venu d'on ne savait où. Johnson fit demi-tour et s'éloigna en se demandant ce qui lui arrivait. Elliott se tourna vers Julie :

– On danse ?

Un slow les jeta dans les bras l'un de l'autre.

Dans le vaisseau-navet, Micron avait réussi à se redresser sur son siège. Ses multiples doigts coururent sur le clavier du tableau de bord. Bientôt, le navet cessa de trembler et reprit sa trajectoire.

– Wahou ! lança le Flopglop, encore tout étourdi. C'était génial, ces galipettes ! Quand est-ce qu'on recommence ?

E.T. s'était remis sur ses pieds. Il ramena le flux de sève à une amplitude raisonnable. Il ne manquerait plus que le navet se désintègre dans l'espace !

– On approche de la Porte de la Dimension, déclara le vieux robot d'un ton satisfait.

Il était encore valable, en tant que navigateur, après tout !

Sur Terre, la musique égrainait les dernières notes de la chanson tendre. Elliott et Julie évoluaient lentement au centre de la piste, sous une grosse boule de verre couverte de minuscules miroirs. La boule tournait au-dessus d'eux, scintillant de mille reflets couleur arc-en-ciel. Elliott posa doucement ses lèvres sur celles de Julie. Et leur premier baiser se refléta dans les innombrables facettes de la sphère de verre.

Le vaisseau-navet passa d'une dimension-temps à une autre et entama la deuxième partie de son voyage. Il avait encore bien des univers à traverser, avant d'atteindre enfin la Voie Lactée !

E.T. regarda ses compagnons, Micron, le robot et le Flopglop. Il tendit deux doigts en V, en signe de victoire. Son index brillait comme jamais. Tout à coup, son deuxième doigt s'alluma à son tour, lui signifiant qu'il venait d'accomplir un acte de profonde sagesse.

FIN

Imprimé en France par I.F.C. 18390 Saint-Germain-du-Puy
N° d'éditeur : 7130 - N° d'imprimeur : 02/25